Jour de piscine

Texte de
Magdalena

Illustrations
d'**Emmanuel Ristord**

Castor Poche

Aujourd'hui, c'est jour de piscine pour les CP !

Les enfants sont assis dans le car
avec les sacs de piscine sur les genoux.
Ils sont contents et crient de joie.

Ana vérifie son sac.
Elle regarde si elle a bien son maillot,
sa serviette, son bonnet de bain
et son goûter.
Ouf, tout est là !

Mia ne dit rien.
Elle ne veut pas aller à la piscine
car elle a peur de l'eau.
Elle ne bouge pas.

Devant la piscine, Maîtresse Julie demande :
« Mia, quelque chose ne va pas ? »
Mais Mia ne répond pas.
Mia veut se cacher.

PISCINE

Le maître-nageur vient chercher les CP.
Basil et Léo vont enfin sauter
dans le grand bassin.
Léa et Selma s'amusent comme des folles !

Maîtresse Julie et Ana attendent Mia.
Mais Mia ne veut pas sortir du vestiaire.
Elle pleure.

« J'ai peur et je ne veux pas que les autres se moquent de moi, avoue Mia.

– On ne se moquera pas de toi, dit Ana.

– Je suis là pour toi, Mia » dit Maîtresse Julie.

Rassurée, Mia sort du vestiaire.
Elle dit :
« Maîtresse, je n'ai pas mon maillot de bain. »

Maîtresse Julie sourit, elle a tout compris.

Maîtresse Julie donne la main à Mia
et lui dit :
« Viens, Mia, je vais tout arranger ! »

Devant le bassin, Maîtresse Julie
regarde le maître-nageur et dit :
« Mia a oublié son maillot.
– Ce n'est pas grave,
j'ai un maillot de champion pour elle »
répond aussitôt le maître-nageur.

Mia est fière avec son maillot de champion.
Elle n'a plus peur.

Mia met sa ceinture bouée…
Sans hésiter, elle saute dans le petit bassin et éclabousse Selma et Fatou.

Téo ne sait pas bien nager.
Il a un peu peur de sauter dans l'eau...
Il demande :
« Je peux avoir un super maillot
pour sauter comme Mia ? »

Maîtresse Julie et le maître-nageur rient.
Le maître-nageur dit aux CP :
« Ce n'est pas le maillot
qui aide Mia à bien flotter,
c'est la ceinture bouée.
Et vous avez la même ceinture bouée.
Alors, vous pouvez tous sauter ! »

Et les enfants sautent et éclaboussent
Maîtresse Julie et le maître-nageur.

Retrouve les histoires de **Je suis en CP**

pour t'accompagner tout au long de l'année !
3 niveaux de lecture correspondant aux grandes étapes d'apprentissage, de la lecture accompagnée à la lecture autonome.

Niveau 1 : premier trimestre
Niveau 2 : deuxième trimestre
Niveau 3 : troisième trimestre

Déjà parus :

C'est la rentrée !
Niveau 1

Dispute à la récré
Niveau 1

La remplaçante
Niveau 2

Les amoureux
Niveau 3

La fête de l'école
Niveau 3